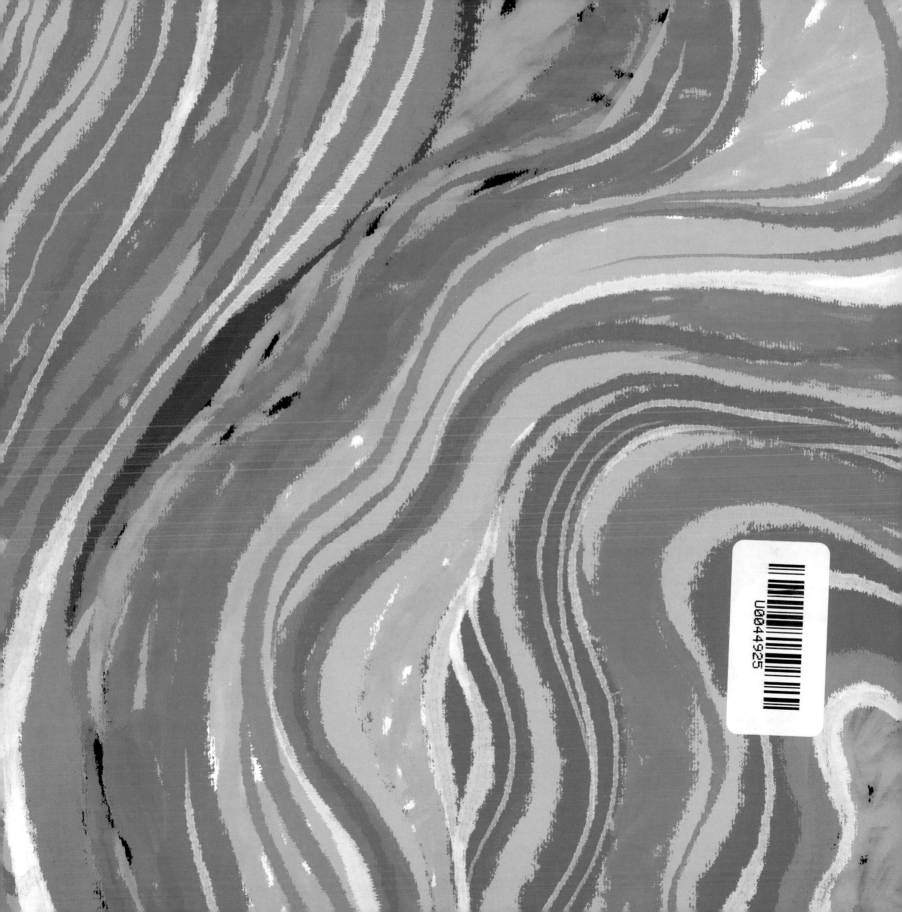

奇怪鳥

作者 楊湞婷

這天，
小白鼠與他的好朋友
在黑白湯斯維爾森林裡散步，
牠們看到了一群黑色大鳥
躺在草地上睡覺。

小☰白☰鼠ィ說ミ：「好ェ奇ィ怪ㄍ的☲鳥ㄋ！」
小☰白☰鼠ィ的☲朋ㄠ友ㄡ也ㄝ說ミ：「真☰是ム奇ィ怪ㄍ的☲鳥ㄋ！」

在返家的途中，
小白鼠對朋友說：
「我想知道為什麼那些鳥很奇怪？」
說完，小白鼠馬上飛奔回森林裡。

「是誰打擾我睡覺!?」

「你的尾巴怎麼了？」

這時，所有奇怪鳥瞬間站起來，
揮舞著他們五彩繽紛的翅膀

「想知道這些顏色的秘密嗎？
跟我們來吧！」

「可是我沒有像你們一樣的翅膀。」

「時間到了，
快爬到我的背上！
我帶你去吧！」

就這樣，
奇怪鳥們快速地
飛出了黑白湯斯維爾森林。

首先，牠們來到了一片紅通通的花海。

「哇！好溫暖喔！」

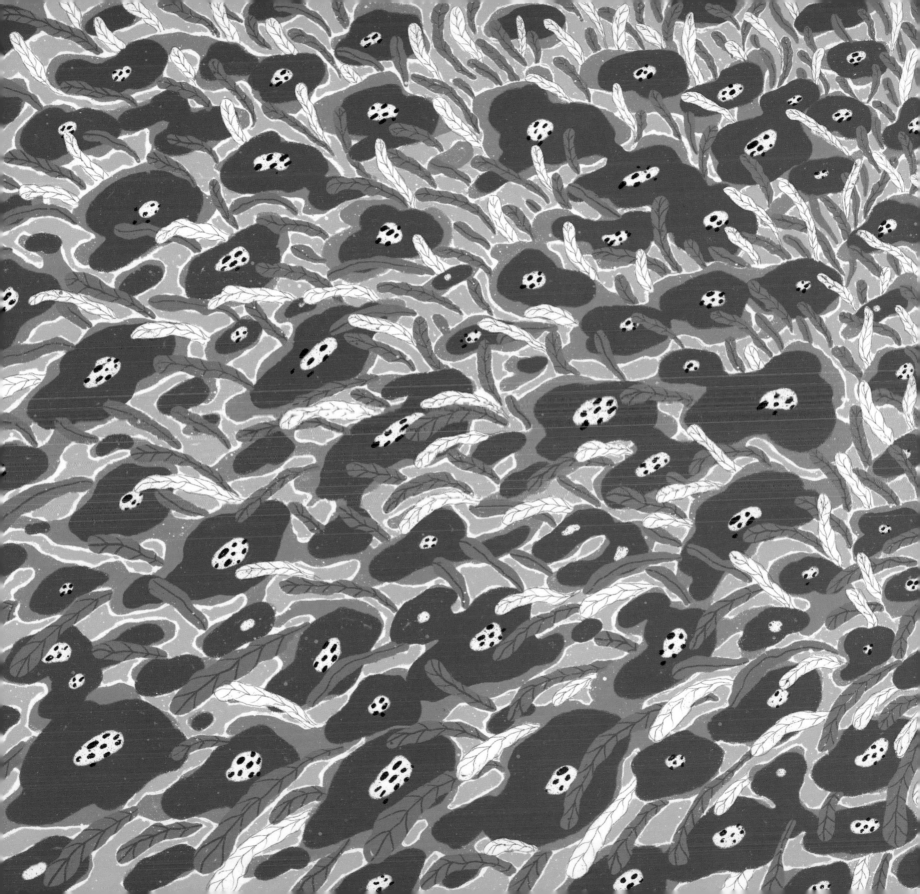

接著，牠們飛到了
黃澄澄的檸檬園。

「哈哈！
你好奇怪喔！」

「好酸！
但是我喜歡！」

可能是因為第一次飛行，
小白鼠累得在奇怪鳥的背上睡著，
牠們飛過一個藍色神祕通道，
植物上的藍色汁液劃過奇怪鳥的身體，
留下了一道道美麗的紋路。

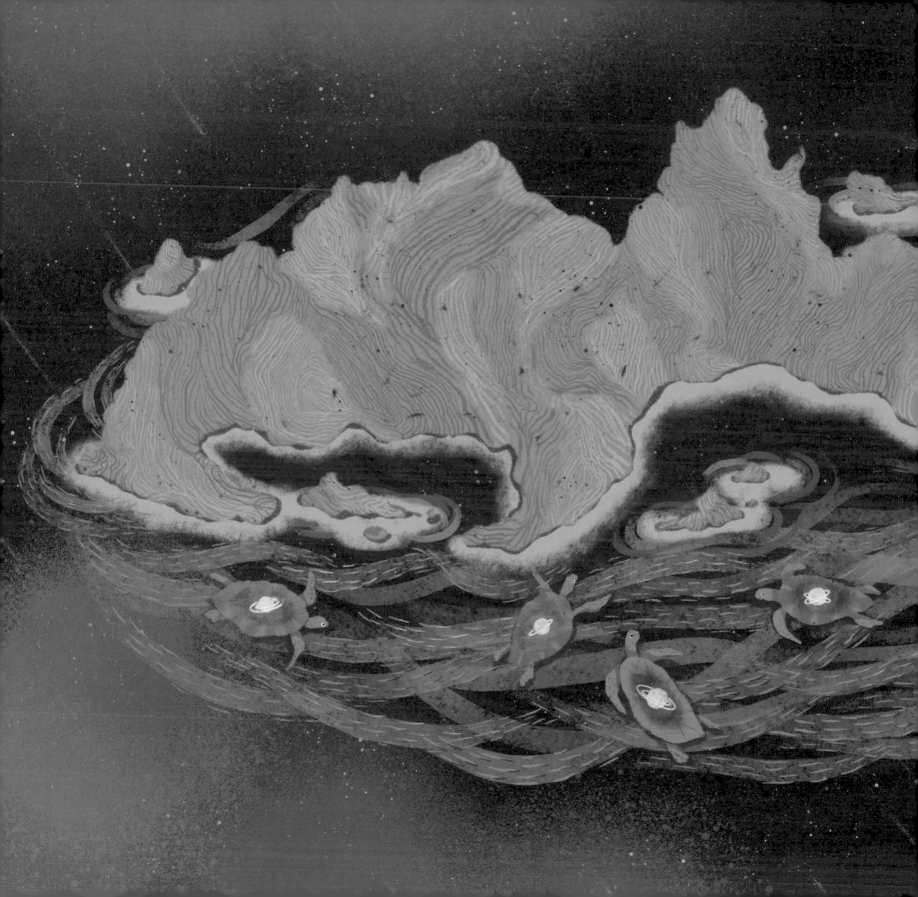

「好奇怪！
但是牠們好開心喔！　」

「快起床！ 小白鼠！ 」奇怪鳥大叫。
夜空下出現了一個綠色小島
周邊還有一群正在游泳的發光透明烏龜

奇怪鳥們與小白鼠繼續向前飛行，
在月光的照射下，
奇怪鳥們的身體時而透明且閃耀。

小白鼠又安心地睡去。
接下來會有什麼在等著牠呢？

睡夢中，
小白鼠夢見了自己可以
恣意飛翔，而且牠知道牠
一點也不孤單，奇怪鳥群、
發光的烏龜、紅色的花、藍色的植物
以及不停掉落的檸檬汁水滴星星，
都在一旁陪伴著牠。

通過黑夜
的帶領，

出現在牠們眼前的
是一一個彩色的世界。

奇怪的是，這次小白鼠不再嚷嚷著好奇怪，而是與奇怪鳥一起看著眼前的美景，享受著以前從來沒看過的冰淇淋。

瑞秋

瑞秋 Rachel Yang

是台灣的插畫家及印花設計師。她擅長數位創作並喜好
彩色、明亮和對比鮮明的色彩，尤其是她時常探索現代與自然間的
樂趣，她的創作啟發於近十年來多國的旅行和台灣生活，並經常在
IG @MSRYSTUDIO上發表即時性的創作。她重視與自己不同的文
化和事物。生活中充滿了細節，等待她探索發現，並在她的作品中表
現出來。

給父母、老師、孩子們
的腦力激盪時間

一起來回答問題
完成任務吧！

回答問題

檸檬園 ★

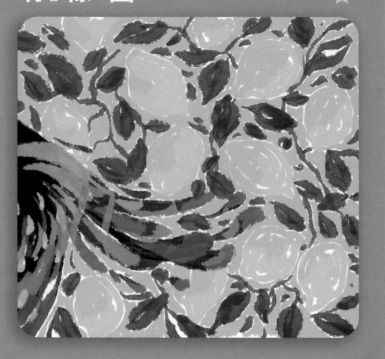

小白鼠和奇怪鳥一起來到了檸檬園。
一起來數數看上面有幾顆檸檬吧!

場景 ★★

奇怪鳥與小白鼠一起去了好多地方,你們最喜歡其中出現的哪個場景呢?

色彩 ★★★

奇怪鳥的身上有著繽紛的羽毛，好漂亮喔！一起來看看有哪些顏色吧！

夢境 ★★★

睡夢中的小白鼠，夢見了自己可以恣意飛翔，是什麼在陪伴著他呢？

一起ㄑㄧˇ來ㄌㄞˊ數ㄕㄨˇ數ㄕㄨˋ

有ㄧㄡˇ好ㄏㄠˇ多ㄉㄨㄛ隻ㄓ奇ㄑㄧˊ怪ㄍㄨㄞˋ鳥ㄋㄧㄠˇ在ㄗㄞˋ飛ㄈㄟ翔ㄒㄧㄤˊ，一ㄧ起ㄑㄧˇ來ㄌㄞˊ數ㄕㄨˇ數ㄕㄨˋ看ㄎㄢˋ總ㄗㄨㄥˇ共ㄍㄨㄥˋ有ㄧㄡˇ幾ㄐㄧˇ隻ㄓ奇ㄑㄧˊ怪ㄍㄨㄞˋ鳥ㄋㄧㄠˇ吧ㄅㄚ！

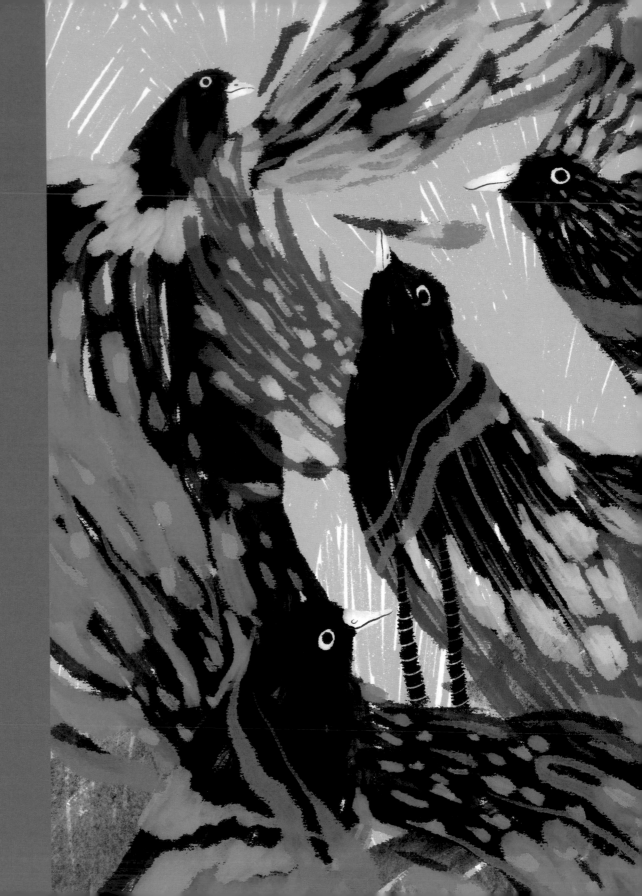

尋找冰淇淋

奇怪鳥與小白鼠
來到了充滿彩色
冰淇淋的地方。
在這張圖中你看
到了幾支冰淇淋
呢？

奇怪鳥

書　　　名　奇怪鳥
編　　　劇　楊淯婷
插　畫　家　楊淯婷
封 面 設 計　楊淯婷
出 版 發 行　唯心科技有限公司
　　　　　　地　　址：台北市松山區八德路三段247號五樓之一
　　　　　　電　　話：0225794501
　　　　　　傳　　真：0225794601
主　　　編　廖健宏
校 對 編 輯　簡榆蓁
策 劃 編 輯　廖健宏
出 版 日 期　2022/01/22
國 際 書 碼　978-986-06893-2-7
印 刷 裝 訂　博創股份有限公司
定　　　價　500元
版　　　次　初版一刷
書　　　號　S002A-DYYT01
音 訊 編 碼　0000000000030006

本書內文使用的ㄅ源石注音黑體
授權請見https://github.com/ButTaiwan/bpmfvs/blob/-master/outputs/LICENSE-ZihiKaiStd.txt